外 套

〔俄〕尼古拉·果戈理 著

〔西〕诺埃米·比利亚穆莎 绘

刘开华 译

天津出版传媒集团

百花文艺出版社

1

在司里……但最好还是别说出在哪个司吧。再没有比各个司、团队、办事处里的人，简言之，再没有比各种公职人员更爱发脾气的了。现在任何一个人都认为，侮辱他就是侮辱整个社会。听说，前不久，一位大尉军衔的县警察局局长——我不记得是哪个县的了——递交了一份呈子；在呈文中，他清楚地阐述道：国家法令正横遭破坏，他神圣的名字被随意践踏。作为证明，他在呈文后面附上了一本厚厚的叙说风流韵事的传奇作品，书上每隔十页便出现一位大尉军衔的县警察局局长，有些地方甚至是喝得醉醺醺的县警察局局长。所以，为避免各种不愉快的事情，我们姑且把这里谈到的那个司称做某个司吧。

　　总之，在某个司里有一位官员；这位官员很难说相貌十分出众：他短短的身材，脸上有些麻点，浅棕红色头发，看上去眼睛还不大好使，脑门上方有块不大的秃顶，双颊满是皱褶，脸色是那种所谓的好似患有痔疮的灰黄色……有什么办法呢！这都是彼得堡气候的罪过。说到官阶（而我们这里不论做什么事首先要报官阶的），那么，他是那种所谓的永不升迁的九等文官；众所周知，对这种人，具有专爱欺负老实人的好习惯的各种作家那是极尽嘲笑与奚落之能事的。

　　这位官员姓巴什马奇金。单从字面上就可以看出，这姓氏原来是从巴什马克[1]变来

1　巴什马克（башмак）的意思是矮靿皮鞋。

的；但它是在哪一年的什么时候、怎样从巴什马克变来的，就不清楚了。父亲、爷爷甚至妻舅，所有巴什马奇金家的人都穿长筒皮靴，一年只换两三次鞋掌。他的名字是阿卡基·阿卡基耶维奇。读者可能会觉得这名字很古怪，别出心裁[1]；但是，请相信，它绝非挖空心思想出来的，而是因为当时就那么个情况，根本不可能给他起另外一个名字。

事情是这样的：

如果我没记错，阿卡基·阿卡基耶维奇是在三月二十五日晚上出生的。现已去世的母亲，官员的妻子，一位非常贤惠的女人，打算按规矩给孩子洗礼。她当时还躺在门对

1 阿卡基是名，阿卡基耶维奇是父称，意即阿卡基之子（父亲也叫阿卡基，父子同名）。

面的一张床上，右边站着教父和教母。教父伊万·伊万诺维奇·叶罗什金是个非常好的好人，在参政院里当股长；教母阿林娜·谢苗诺夫娜·别洛布留什科娃是巡长的妻子，一位具有许多罕见的美德的女人。人们给产妇提供了三个名字，让她任选一个：莫基亚、索辛亚，或者为纪念苦难圣徒而给孩子起名为霍兹达扎特。"不行，"现已去世的母亲当时想，"全都是那样的名字。"为了让她称心如意，又翻了一页日历，又出现三个名字：特里菲利、杜拉和瓦拉哈西。"真倒霉，"老婆子说，"这都是些什么名字呀，我还真从来没听说过呢。哪怕是瓦拉达特或者瓦鲁赫也好呀，可总翻出些特里菲利和瓦拉哈西。"又翻了一页，上面写着帕夫西卡欣和帕赫季西。[1] "哼，我早看出来了，"老婆子说，"他恐怕也就这么个命。既然这样，那么，干脆就叫他父亲的名字好了。父亲叫阿卡基，让儿子也叫阿卡基吧。"阿卡基·阿卡基耶维奇的名字就这样有了。给孩子洗了礼。洗礼时，他哇哇大哭，做出那么一副难看的样子，就好像他已预感到自己将是个九等文官。

1　自10世纪末开始全面基督教化至十月革命，俄罗斯人一般在洗礼时取名，由神甫从东正教教历当天或接近日期所列圣徒名（圣徒纪念日）中选取。以圣徒名命名，意味着孩子与该圣徒有了血肉联系，得其庇佑。教历列两千五百多位男女圣徒，合并重名，有约九百个男名和二百五十个女名，这些名字来源复杂，古希腊、拉丁和古犹太名占绝大多数，其余除了斯拉夫名，还有迦勒底、凯尔特、古日耳曼、突厥、阿拉伯、印度、波斯名，等等。对异族名，俄罗斯人多不解其意，也不喜欢，前面提到的那些即是。

2

简言之，这一切的前后经过就是如此。我们这样说一说，是为了让读者自己看到，事情是自然而然地发生的，根本不可能给他另外一个名字。他是哪一年的什么时候进司里供职，又是谁把他安置进来的，这谁也回忆不起来了。不管换了多少任司长和多少名各级长官，人们总是看到他坐在老位置上，始终是那同一个姿势，担任那同一个职务，始终是个文书官；所以，后来人们确信，他看来就是穿着制服、脑门上方有块秃顶，原封原样地降生到世上来的。在司里，人们根本不把他放在眼里。他进门，看门人不但不从座位上站起来，甚至连瞧都不瞧他一眼，就仿佛接待室里飞进一只普普通通的苍蝇似的。长官们对待他冷冰冰的，十分蛮横。

一位副股长通常把公文往他鼻子底下一塞，甚至都不说"抄写一下"或者"这是份有意思的好活儿"，或者在文明的机关里惯用的中听的其他话。他只瞧一眼文件，便把它接下来，也不看看是谁塞给他的，那人有没有这权力。他接过来，就开始抄写。

年轻的官员们尽其小官吏的聪明才智来嘲笑他，用俏皮话挖苦他，当着他的面讲述有关他的种种全系编造的故事，谈论他的女房东，一个七十多岁的老太婆，说她打他，问他俩什么时候举行婚礼，还把碎纸片撒到他头上，说是"下雪"。但是，阿卡基·阿卡基耶维奇对此一句话也不说，就好像他面前什么人也没有似的；这甚至没有影响他的工作：在所有这些令人厌恶的纠缠中，他连

一个字母都没抄错过。只有当这类玩笑开得太过分，当他们推他的胳膊、妨碍他工作的时候，他才说："让我安静会儿吧。你们干吗欺负我呢？"在这些话里和说这些话的声音里有一种奇怪的东西。从中可以听出一种令人怜悯的东西，它使一个不久前刚参加工作，也想学着别人的样子来嘲弄他的年轻人好像被针刺了一下似的突然停了手，从此后，仿佛一切都在那小伙子面前变了，变成了另外一个样儿。一种奇异的力量使他与同事们疏远了——他曾把那些同事当做彬彬有礼的上流社会的人来结交的。在以后很长一段时间里，在最快乐的时刻，他脑海中常常浮现出一个矮小的、秃顶的官员的形象，耳边响起那小官员刺人心脾的话："让我安静会儿吧。你们干吗欺负我呢？"在这两句刺人心脾的话里还能听出另外一句话："我可是你的兄弟。"可怜的年轻官员用手捂住了自己的脸。在以后的岁月里，当他看到人身上竟有那么多毫无人性的东西，在文明的、风度翩翩的上流绅士中间，天哪，甚至在上流社会称为高尚的、诚实的那些人身上，竟隐藏着那么多凶残粗暴的东西，他不知为此战栗了多少回。

3

未必能在什么地方找到一个这样尽职尽责的人。说他工作热心，太不够了；不，他对自己的工作简直爱不释手。在抄写工作当中，他看到了一个多姿多彩的、赏心悦目的世界。喜悦之情洋溢在他的脸上；有几个字母是他最宠爱的，写到它们的时候，他高兴得几乎不能自持：又是微微地嘲笑，又是挤眉弄眼，还用嘴唇做出些怪模样。所以，从他的脸上，似乎可以读出他的笔写出的任何一个字母来。倘若根据他的勤勉给予奖励，他或许会出乎本人意料地晋升为五等文官；可是，正如那些爱说俏皮话的同事说的，他只挣到了一枚上衣扣襻[1]，外加痔疮。

1　扣襻（пряжка）的另一个意思是奖章。

　　不过，也不能说谁都没注意过他。有位司长是个善良的人，想对他多年的工作予以嘉奖，所以，就吩咐手下的人给他一份比平常的抄抄写写要重要些的工作，即让他根据现成的公事写出送交另一机关的公函；他只须把上款换一下，把某些动词从第一人称改成第三人称就行了。这害得他费了九牛二虎之力，出了一身汗；他不断地擦拭额头，最后说："不行，最好还是让我抄些什么吧。"从那以后，人们也就总让他干抄写一行了。

　　对他来说，抄写之外，一切仿佛都不存在。他根本不考虑自己的衣着：他的制服已不是绿色的，而是浅棕红色、面粉色的了。他的衣领又窄又矮，所以，尽管他的脖子并不长，但只要从领子里耸出来，就显得格外

长，就像侨居俄国的外国人顶在头上的一堆
摇头晃脑的石膏小猫的脖子一样。他的制服
上总沾着些东西，或是一根干草，或是一根
线头；而且，他还有一种特殊的本领：走在
街上，他总能赶上人家往窗外扔各种垃圾
的时刻从窗下经过，因此，他的帽子上总有
些西瓜皮、香瓜皮之类的脏东西。他从不注
意街上每天发生的事，而大家知道，他的同
事——年轻的官员对此是十分留意的，那敏
锐的目光甚至能发现对面人行道上某个人
裤脚口下套鞋底的套带断开了[1]——这总会
使他的脸上浮现出一丝狡黠的微笑。

1　有套带（стремёшка）男裤是19世纪初兴起的风尚，
为的是显腿长和令裤腿笔挺。套带常用与裤子同款布料
制作，一端缝于一侧裤脚口，另一端用挂钩或纽扣固定
于另一侧裤脚口。套带断掉乃尴尬之事，常引来嘲笑。

但是，若说阿卡基·阿卡基耶维奇也看到了什么，那么，他处处看到的都是自己用匀称的笔道写出的一行行的工工整整的字，除非一匹不知从哪儿来的马把头搭在了他肩上，鼻孔里排出的巨大气流直冲到他脸上，他才发觉自己不是处在一行行字母中间，而是几乎就站到了街中央。

回到家，他立刻坐到桌旁，三口两口喝下菜汤，再吃块葱炖牛肉，根本没吃出它们的味来；随着饭菜，他把苍蝇及老天爷在这个当儿送到他嘴边的其他东西也一起咽到肚里。肚子鼓胀了，他就从桌旁站起来，取出一瓶墨水，抄写起他带回家的公文。如果没带回需要抄写的公文，为了让自己高兴，他就特意为自己誊写个副本，特别是当公文

的动人之处不在于辞藻的华丽，而在于收件人是位新人或要人的时候。

甚至当彼得堡的灰色天空完全昏暗下来，所有官员都按自己薪水的多少和自己的喜好吃饱喝足了；当司里笔尖发出的唰唰声早已停止，而一个不安分的人奔波了一天，做完了自己的和别人的重要事情，以及自愿加给自己的并不需要做的所有事情，所有人都休息了；当官员们忙着把剩余的时间用于享乐：有的快步走向剧院，有的在大街上逛，专门去看帽子下面的小脸蛋，有的参加晚会，去奉承一位姿色不错、被一群官员追逐的所谓"美人儿"，更多的则去同事家里，那同事往往住在四层楼或三层楼上，有两间不大的房间和一间前厅或厨房，摆着几样时髦的

奢侈品，比如灯或其他玩意儿，它们使他做出了许多牺牲：省吃俭用，放弃玩乐——总之，甚至当所有官员都分散在自己朋友的小房间里，坐下来打惠斯特牌，就着廉价的面包干喝茶，从长长的烟管里吸烟，边发牌边谈论俄国人在任何时候、任何情况下都离不开的上流社会传出来的流言蜚语，或者，无话可说时就一遍遍地重复那个说不完的关于卫戍司令的笑话：人们去向他报告，说法尔科内的纪念碑上的马尾巴被砍掉了[1]……

1　纪念碑指彼得一世（Пётр I, 1672—1725, 1682—1725在位）纪念碑，俄国皇室委托法国雕塑家艾蒂安·莫里斯·法尔科内（Étienne Maurice Falconet, 1716—1791）设计并建造，1782年在枢密院广场（Сенатская площадь）揭幕，迄今仍在原址。由青铜的彼得一世骑马像和花岗岩的巨型基座组成，马前蹄高扬，后蹄踏大蛇。马尾末端与蛇身相接，给人青铜像全由其支撑的印象，其实仅起平衡作用，支撑架藏在马腿内。

总而言之，甚至当所有人都在尽情娱乐，在那个时候，阿卡基·阿卡基耶维奇也不消遣消遣。没人能说出什么时候看到过阿卡基·阿卡基耶维奇参加什么晚会。他抄写够了，就躺下睡觉；一想到明天，他就先打心眼儿里乐上了：明天，上帝会给他什么东西来抄写呢？

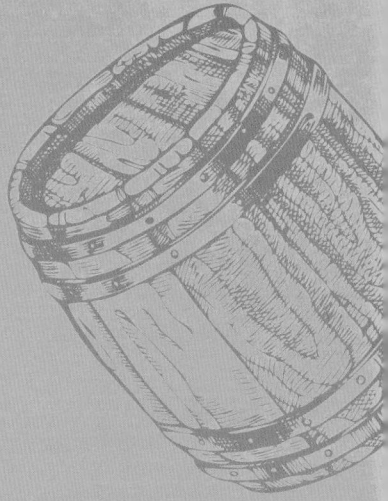

4

一个年俸仅四百卢布却能乐天知命的人的平静生活就这样一天天地过去了，或许，他会一直活到耄耋之年，倘若各种灾难不降临到九等文官甚至三等、四等、七等及其他等级的文官，还有那些既不给任何人忠告也不听任何人忠告的官员的生活道路上的话。

　　在彼得堡，对所有年俸四百卢布或四百卢布左右的人来说，有一个强大的敌人。这个敌人不是别的，正是我们北方的寒冷天气，尽管人们也说它是有益健康的。早上八点多钟，当街道上挤满上班的人群，它就开始不分青红皂白地、猛烈地、针扎似的抽打所有人的鼻子，使穷官吏们简直不知往哪里躲才好。到那些身居高位的官员的额头也被

冻得发疼，眼泪都被冻出来了的时候，穷苦的九等文官们真是上天无路，入地无门了。唯一的办法就是：裹着单薄的外套，尽可能快地跑过五六条街，然后，在门房里使劲跺脚，直到所有那些在路上被冻僵了的执行公务的机能和才干都融化出来为止。

一段时间以来，阿卡基·阿卡基耶维奇觉得脊背和肩膀冷得受不了，虽说他总是竭尽全力以最快速度跑完必不可少的那段距离。他终于想到，是不是他的外套出什么毛病了？在家里，他认真看了看外套。他发现，在后背和肩膀的部位，有两三个地方只剩下一层稀麻布了，呢子面已磨出了窟窿，里子也开了线。应该说一下，阿卡基·阿卡基耶维奇的外套也是官员们嘲笑的对象；他们甚至将"外套"这一高贵的名称也给剥夺了，而把它叫做"长衫"。确实，这件外套的结构很奇怪：领子逐年缩小——它被一点点剪掉，贴补外套的其他部分去了。这种贴补非但没显出裁缝的手艺，反倒使外套变得又肥大又难看。发现问题之后，阿卡基·阿卡基耶维奇决定把外套送到裁缝彼得罗维奇那里修补修补。彼得罗维奇住在某处的一幢楼房走后门楼梯才能到达的四楼。尽管他只剩一只斜眼睛，还满脸麻子，对修补官员们及其他人等的裤子和燕尾服却相当在行，当然，是在他处于清醒状态且脑子里没有其他念头的时候。

关于这位裁缝，原本不必多说，可现在已形成了一种规矩：小说中任何人物的性格

都应该被完整地勾勒出来，所以，我们只好在这里把彼得罗维奇也介绍一下。最初，人们就叫他格利戈里，他是一位贵族的农奴；他被称为彼得罗维奇是他领到自由证[1]以后的事[2]；从那时起，每逢各种节日，他就都喝酒，喝得很多。一开始是逢到重大节日才喝，后来就不分大小节日了，凡是宗教节日，日历上画着个十字的，他就喝一通。从这方面讲，他是忠于祖辈习俗的；跟老婆争吵时，他把她叫做"世俗女人"和"德国娘儿们"。既然我们已提到他的老婆，那么，关

1　获得解放的农奴的身份证明。

2　格利戈里是裁缝的名，彼得罗维奇是他的父称。名加父称，一般是尊称；若只用名，表示说话人很随便，不拘礼节；若只用父称，往往是故意打趣。

于她，我们也应该说上两句。但很遗憾，她的情况，我们知之甚少，只知道彼得罗维奇有个老婆，她戴包发帽，而不是头巾；而她似乎算不上漂亮，至少与她相遇的人里面，只有近卫军士兵们才偷偷地往她帽子下面瞧，然后，翘翘胡子，发出一种怪声。

通往彼得罗维奇家的楼梯，得说上句真话，上面洒满了污水，散发着刺鼻的酒味；众所周知，这股子味道是彼得堡楼房所有后门楼梯必不可少的。沿着楼梯向上走的时候，阿卡基·阿卡基耶维奇就不断地琢磨彼得罗维奇会要价多少；他暗自决定，超过两卢布他决不同意。门是开着的，因为女主人正在做鱼，厨房里烟气腾腾，连蟑螂都看不清了。阿卡基·阿卡基耶维奇经过厨房时，居

然没被女主人发现；他终于走进房间，看见彼得罗维奇像土耳其总督似的盘着腿，坐在一张没刷油的宽大木桌上。照坐着干活儿的裁缝们的习惯，他光着脚。首先进入视线的，是阿卡基·阿卡基耶维奇非常熟悉的一只大拇指，那上面的指甲是残缺的，像乌龟壳一样又厚又硬。彼得罗维奇脖子上挂着一桄丝线和棉线，膝盖上放着一个不知是什么的东西。他捏着一根线往针眼里穿，穿了大约有三分钟，还是没穿进去，所以，他对昏暗的光线特别恼火，甚至对棉线也恼火上了。他低声嘟囔着："你不进去，臭婆娘；你可把我害苦了，你这个浑蛋！"

阿卡基·阿卡基耶维奇觉得不太自在：他来得不是时候，正碰上彼得罗维奇在生气。他喜欢在彼得罗维奇喝得晕晕乎乎，或者，像裁缝老婆说的，"独眼龙灌饱了黄汤子"的时候来定做点什么。在那种状态下，彼得罗维奇通常十分好说话，甚至每一次还都鞠躬致谢。不错，过后，老婆子找来了，又哭又闹，说丈夫喝醉了，价要得太低了；但往往只要再加十戈比，事情也就办妥了。而现在，看起来彼得罗维奇正处于清醒状态，因而很固执，不好说话，鬼知道他会要多高的价钱。阿卡基·阿卡基耶维奇考虑到这一点，已打算像俗话说的——打退堂鼓了；可是，已经来不及了。彼得罗维奇眯缝起剩下的那只眼睛，非常仔细地打量了他一番，于是，阿卡基·阿卡基耶维奇不由自主地说了一声：

"你好，彼得罗维奇！"

"您好啊，先生！"彼得罗维奇说着，斜眼瞅了瞅阿卡基·阿卡基耶维奇的手，想看清他带来的是什么买卖。

"我到你这儿来，彼得罗维奇，是那个……"

应该交代一下，阿卡基·阿卡基耶维奇表达自己的意思时好用很多前置词、副词，还有那些没任何意义的语气词。如果事情非常难办，那么，他往往连一句话也说不完，经常一张口就是："这是，不错，完全那个……"再往后，就什么词也没有了，他全都忘了，还以为自己都说完了呢。

"怎么回事？"彼得罗维奇问道，用唯一的一只眼睛上下打量了一番他的制服，从领子一直看到袖口、后身、下摆和扣眼；这一切都是他非常熟悉的，因为，那是他亲手缝制的。裁缝们的习惯就是如此：这是他们碰见人时首先要做的一件事。

"我来是那个，彼得罗维奇……外套，呢子……你瞧，其他地方都很结实，它蒙了点尘土，好像，似乎是件旧的，可这是件新的，就是一个地方有点那个……在背部，在一个肩膀上有点——你看到了吧，就这么点地方。活儿不多……"

5

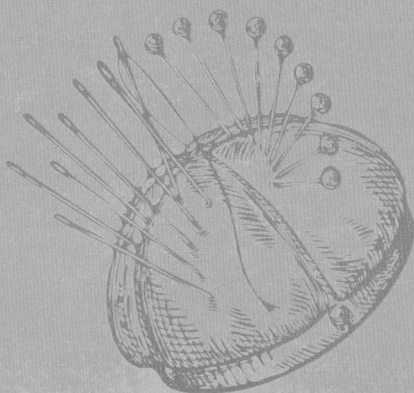

彼得罗维奇接过"长衫",先把它铺在桌子上,仔细地看了半天;然后,摇了摇头,把手伸到窗台上去拿一只圆圆的鼻烟壶,那鼻烟壶壶盖上有幅将军像,不清楚是位什么将军,因为,将军的脸部被手指戳破了,用一小块四方形的纸粘上了。彼得罗维奇闻了闻鼻烟,把"长衫"拿到手里撑开,对着光线看了看,又摇了摇头。后来,他把"长衫"翻过来,让里子朝上,再一次摇了摇头;他又拿下那只有幅将军像、贴一小块纸的鼻烟壶壶盖,吸足了鼻烟,盖上盖,把鼻烟壶放好,这才开口说道:

"不行,没法修补了:衣服太糟了!"

听到这话,阿卡基·阿卡基耶维奇的心猛地抽搐了一下。

"怎么能不行呢，彼得罗维奇？"他几乎是用孩子般央求人的声音说道，"总共不过是在肩膀处破了一点，你这里不是有些零碎布料吗……"

"零碎布料是可以找到的，能找到，"彼得罗维奇说，"可缝不上去：全都糟了，用针一碰，它就会破。"

"破就破吧，你随后再打上块补丁。"

"可补丁没处放，没法固定它，磨损的地方太多了。这是呢子，可风一吹，就会把它吹得七零八落。"

"想法固定上它吧。怎么能这样？实在是那个……"

"不行，"彼得罗维奇断然道，"一点办法也没有。根本不能穿了。您最好在冬天最

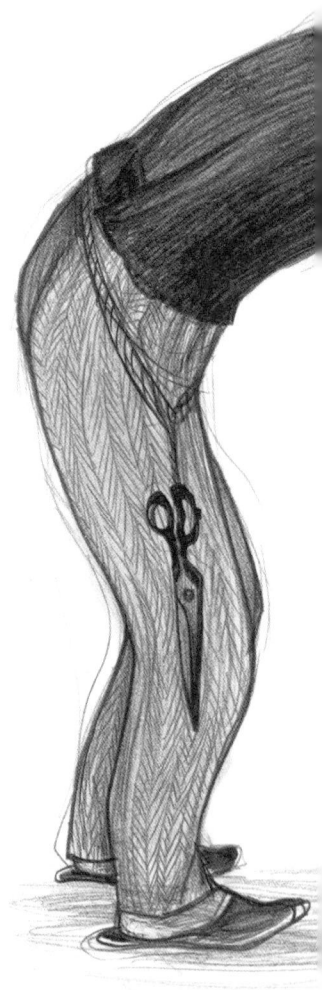

冷的时候到来前，用它给自己做副裹脚布，因为袜子不保暖，那是德国人想出来的玩意儿，为的是多赚点钱（彼得罗维奇一有机会就挖苦德国人）；而外套嘛，看来您只好做件新的了。"

听到"新的"这个词，阿卡基·阿卡基耶维奇的眼睛立马就像蒙上了一层雾，房间里所有的东西都变得模模糊糊了。他只能看清彼得罗维奇的鼻烟壶壶盖上脸部贴着一小块纸的将军像。

"怎么会做新的呢？"他仍像是在做梦，"我可是没这笔钱呀。"

"是的，做新的。"彼得罗维奇带着冷酷的平静神情说道。

"喏，假如真得做新的，那么……它那

个……"

"就是说，要花多少钱？"

"是的。"

"得花上一百五十多卢布。"彼得罗维奇说完，意味深长地闭紧了嘴唇。他非常喜欢强烈的效果，喜欢用什么方法突然使对方陷入窘境，然后，斜眼看看那惊慌失措的人在听到他的话之后的怪模样。

"一百五十卢布一件外套！"可怜的阿卡基·阿卡基耶维奇高声叫了起来。可能这是他有生以来第一次高声叫喊，因为，他说话一向是低声低语的。

"是的。"彼得罗维奇说，"这还要看什么样的外套。如果领子上安貂皮，把风帽缝在丝绸里子上，那么，就得花二百卢布了。"

“彼得罗维奇，请你……”阿卡基·阿卡基耶维奇用央求的声音说道，没听到并竭力不去听彼得罗维奇说的话，不去注意他的那些效果，“……想办法缝补一下，让它好歹还能穿几天。”

“不行，这样做的结果准是：白白地耗费劳动，钱也白花了。”彼得罗维奇说道。阿卡基·阿卡基耶维奇听完这些话，垂头丧气地走出了房间。

彼得罗维奇在他走后仍站了半天，意味深长地闭紧了嘴唇，没立刻干活儿；他感到很满意：既没降低自己的身份，也没糟蹋裁缝手艺。

阿卡基·阿卡基耶维奇像在梦中似的，神思恍惚地走到街上。"这事竟是这样，"他自言自语，"我真没想到，它竟会那个……"沉默了一会儿之后，他又说起来："原来是这样！竟然出现这样的结果，而我，说真的，连想都没想到它会是这样。"接下来，又是好长一段时间的沉默。在那之后，他开口了："是这样！这简直，真的，怎么也没想到的，那个……这怎么也……这么个情况！"说完这些话，他没往家走，却向完全相反的方向走去，自己还没觉察出来。在路上，一名浑身烟灰的扫烟囱工人从侧面碰了他一下，把他的一侧肩膀整个都蹭黑了。一大团石灰从正在修建的楼房上劈头盖脑地落到他身上。他一点都没察觉，直到后来撞上一名把自己

的斧钺放在身旁，正从角形烟盒往长满老茧的手掌上倒鼻烟的岗警，他才稍微清醒了一些，而这还是因为岗警朝他喝道："干吗往人身上撞，没人行道吗？"他向四下瞧了瞧，转身往家走去。到了家，他才定下神来，清醒地看到自己在现实中的处境。他又开始自言自语，但已不是前言不搭后语的了，而是既审慎又坦率，就像面对一个可以与之推心置腹地谈论最隐秘、最对心思话题的高尚的朋友。"不行，"阿卡基·阿卡基耶维奇说，"现在不能跟彼得罗维奇谈这事，他现在那个……看来，老婆子刚刚给了他几下子。我最好星期天早上去他那儿：过了一个星期六的晚上，他的眼睛又要斜了，睡得太久了，他肯定想再喝点解解酒，可老婆子不给他钱，而那时我就那个，给他递上十戈比，他就会好说话了，那时，外套就那个……"阿卡基·阿卡基耶维奇就是这样自言自语地盘算着，振作起精神，等到了第一个星期天。从老远看到彼得罗维奇的老婆出了门，不知到什么地方去了，他径直去到彼得罗维奇的家。彼得罗维奇在度过一个星期六之后，眼睛的确明显地斜了，脑袋耷拉着，一副没睡醒的样子；但尽管如此，他一听明白是怎么回事，立刻就像被鬼推了一把似的。"不行，"他说，"请您定做一件新的吧。"阿卡基·阿卡基耶维奇立刻递给他十戈比。"谢谢您，先生，我会为您的健康干一杯的。"彼得罗维奇说，"可是，关于外套，请您别再费心思了：它实在是一点也不中用了。新外套我

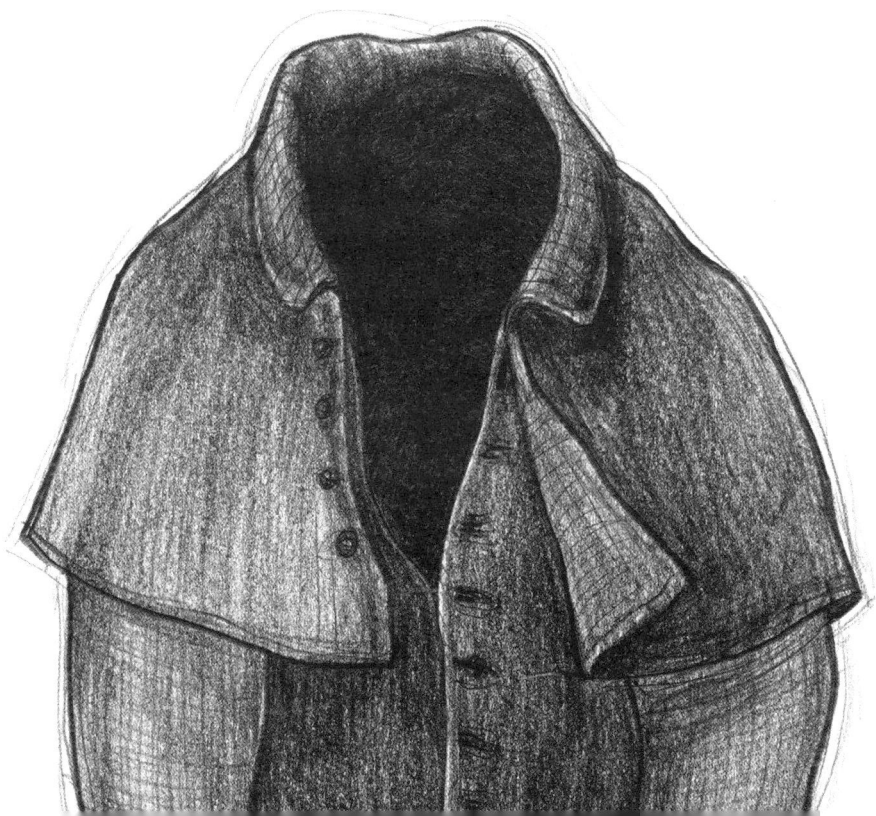

会给您缝得非常漂亮，这我可以保证。"

阿卡基·阿卡基耶维奇又要说修补的事，可彼得罗维奇连听都不听。他说："新外套我肯定得给您缝了，您尽管放心，我一定尽心。甚至可以像现在时兴的那样：领子用银钩扣上。"

这时，阿卡基·阿卡基耶维奇才意识到：新外套是非做不可了。他懊丧到了极点。可怎么做、拿什么做、上哪儿弄钱做呢？当然，一部分钱可以指望过些天会到手的节前要发的奖金，可那些钱早就提前派了用场。需要买条新裤子，结清鞋匠给旧靴子换新靴筒的一笔旧账，还得向女裁缝定做三件衬衫和两件不便形诸笔墨的内衣——总之，那些钱都会花光的；即使司长大发慈悲，不是

发四十卢布奖金，而是发四十五或五十卢布，那剩下的钱也是微不足道的，在缝制一件外套所需的那笔款项中，不过是大海中的一滴水。当然，他也知道彼得罗维奇好胡闹，有时突然漫天要价，使他老婆都禁不住叫起来："你是不是疯了，你这大傻瓜！有时一个钱不要就给人家干活儿，而现在又鬼迷心窍要这么高的价钱，把你整个人卖了还不值这个价呢！"当然，他也知道八十卢布彼得罗维奇就会同意做的，可是，上哪儿弄这八十卢布呢？这个数目的一半还可以凑出来，能凑上一半，甚至也许还能多凑出一点来；可那另一半上哪儿去找呢……但读者首先应该知道那头一半是从哪儿来的。阿卡基·阿卡基耶维奇有个习惯：每花一个卢布，总要另拿出一枚半戈比的铜币，投进一只上了锁的、盖上有个投钱小孔的小匣子里。每过半年，他就查点一下积攒下来的铜币，把它们换成小银币。他这样做已坚持了很久，所以，几年间已攒下了四十多卢布。这样，一半已在手里了，但那另一半可怎么办呢？上哪儿去弄那另外四十卢布呢？

阿卡基·阿卡基耶维奇想呀，想呀，最后决定，至少在一年内必须减少每日的花销：把每天晚上的茶点免掉；晚上不点蜡烛，如果需要做点什么，就去女房东的房间，在她的蜡烛下工作；在街上走路时，尽量轻轻地、小心翼翼地把脚放到石块和石板上，踮起脚来走，这样鞋底就不会很快磨破；尽量少地把衣服送到洗衣女士那儿去洗；为

了不磨破衣服，每天回到家里就脱掉，只穿一件很久以前做的但至今仍未穿破的棉布长衫。说实话，一开始，他很难适应这种种限制，但后米就渐渐地习惯了，不觉得怎么难受了。他甚至完全习惯了每晚挨饿，但同时，他吸收了足够的精神上的养料：他念念不忘自己那件未来的外套。从这时起，他的生活竟好像充实了许多，他好像结婚了，好像有个人在陪伴着他，好像他不再是一个人了，而是有个快乐的生活伴侣同意与他共同走过人生之路——这个生活伴侣不是别的，正是那件絮着厚厚的棉花、衬着穿不破的结实里子的外套。如同一个有了奔头的人那样，他变得活跃些了，甚至性格也果敢些了。怀疑、动摇，总之，所有摇摆不定、含含糊糊的特点都从他的脸上和行动中自然而然地消失了。他的眼睛里有时闪闪发光，脑海中掠过最大胆、最狂妄的想法：是不是真的安副貂皮领子？对这个问题的思考几乎使他变得心不在焉了。有一次，他抄公文时差点抄错了，吓得他几乎"哎呀"一声，赶紧画了个十字。每个月他至少去彼得罗维奇家一次，跟裁缝谈谈外套，询问最好在什么地方买呢料，买什么颜色的、什么价格的，虽然他常常面露难色，但总还是高兴而归，想象着材料终于买齐、外套终于做好的那一天。

事情的进展甚至比预想的还要快一些。司长出人意料地发给了阿卡基·阿卡基耶维奇整整六十卢布，而不是四十或四十五卢布。不知司长是预感到阿卡基·阿卡基耶维奇需要做一件外套呢，还是无意中发给了这么些，反正这样一来，就多出了二十卢布。这一情况加快了事情的进展。又饿了两三个月，阿卡基·阿卡基耶维奇真的攒下了大约八十卢布。他那颗永远平静的心此时剧烈地跳动起来。钱凑齐当天，他就跟彼得罗维奇一起到商店去了。他们买了一块非常好的呢子，而这没什么可奇怪的，因为，半年前他们就开始琢磨这件事，很少有哪个月他们没到各家商店去比较价格的；据彼得罗维奇本人说，再没有比这块呢料更好的了。至于衬

里，他们挑了一块细棉布，但那是一块质地非常好的结实的细棉布，用彼得罗维奇的话说，比丝绸还要好，更好看、更光洁。他们没买貂皮，因为它的确太贵了；他们挑了店里最好的一块猫皮。从远处看，这块猫皮真会让人以为是一块貂皮呢。彼得罗维奇忙乎了两个星期，因为有许多地方需要纡；不然的话，它早就缝制好了。

彼得罗维奇收了十二卢布的工钱，不可能再少了：整件衣服都是用丝线缝的，接缝处都缝了两道线，而且，每一条接缝缝完后，彼得罗维奇都用自己的牙咬了一遍，咬出各种各样的图案。

那是在……很难确切地说出那是在哪一天，但那大概是阿卡基·阿卡基耶维奇一生

中最激动的一天：彼得罗维奇终于把缝好的外套送来了。他是在早上人们临上班的时刻把外套送来的。外套来得太及时了，因为，此时已是冰天雪地的隆冬时节，而且气温似乎仍在下降。彼得罗维奇像一个好裁缝应该做到的那样把外套送来了。他的脸上是阿卡基·阿卡基耶维奇从未见过的意味深长的表情。他仿佛充分感觉到自己做了件了不起的事，而且通过自身，在只会缝缝补补的裁缝与缝制新衣服的裁缝之间划出了一道鸿沟。他把外套从包裹它的手帕里取出来，把手帕叠好，放进兜里；那手帕是现从洗衣店取回来的。他两手拿着外套，十分自豪地看了看，非常灵巧地把它披在阿卡基·阿卡基耶维奇的肩上；然后，他从后面用手把外套向下拽了拽，抻了抻；然后，把它裹在阿卡基·阿卡基耶维奇的身上，让它就那么稍稍地敞开着。上了岁数的阿卡基·阿卡基耶维奇想把手伸进袖子里，彼得罗维奇又帮他把胳膊套进去[1]；一看，袖子的长短也正好。总之，外套非常合身。彼得罗维奇不失时机地说，也就是他才这样收费，因为他住在小街上，又没挂招牌，又早就认识阿卡基·阿卡基耶维奇，收费才这么低；而在涅瓦大街上做一件外套，光手工费恐怕就得要七十五卢布。阿卡基·阿卡基耶维奇不想跟彼得罗维奇争辩这些事，而且，他也害怕听到彼得罗维奇虚张声势地说出的那些吓人的数目。他跟彼得

1　其时的风尚，年轻人穿这种外套喜欢披着，上岁数的人一般还是规规矩矩地穿。

罗维奇结了账，表示了感谢，之后，立刻就穿着新外套出门上班去了。彼得罗维奇紧随其后出了门，站在街上，向远去的外套看了好半天；后来，他又特意拐了个弯，穿过曲曲弯弯的胡同，抢先跑到一条街上，从另一面即正面再一次看了看自己缝制的外套。

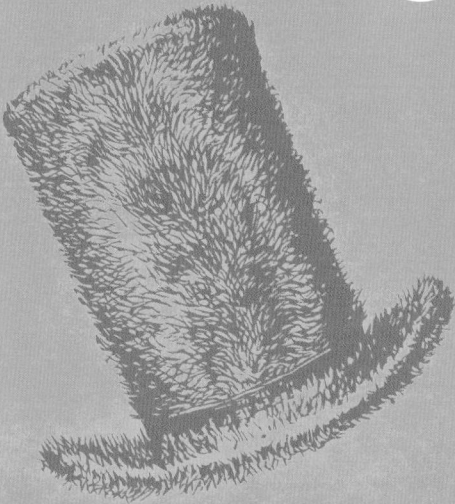

阿卡基·阿卡基耶维奇这时正喜气洋洋地走在大街上。他每时每刻都感觉到肩头上的新外套，内心的喜悦使他有好几次甚至笑出了声。他觉出新外套的两样好处：一是暖和，二是舒服。

他根本没看路，不知不觉便来到了司里。在门房里，他脱掉外套，上下左右仔细地看了看，才把它交给看门人，请求多加照看。不知怎的，司里的人一下子都知道了阿卡基·阿卡基耶维奇做了件新外套，"长衫"已不复存在了。大家立刻跑到门房去看阿卡基·阿卡基耶维奇的新外套。他们开始祝贺他、恭喜他；而他起初只是微笑，后来，竟感到不好意思了。当大家拥到他跟前，说他该为自己新购置的外套设宴请客，至少该为

他们举办一次晚会，阿卡基·阿卡基耶维奇茫然失措，真不知该如何是好、如何回答、如何推托。过了好几分钟，他才满脸通红、相当天真地解释，说这绝不是新外套，的确不是，这是件旧外套。

最后，一位官员——此人还是个什么副股长——可能是为了表明自己平易近人，甚至与比自己职位低的人交往，说道："好吧，我来替阿卡基·阿卡基耶维奇举办一次晚会，请大家今天到我家喝茶：今天我恰好过命名日[1]。"官员们自然立刻又向副股长表示祝贺，高高兴兴地接受了他的邀请。阿卡

1 以圣徒名为名者在该圣徒纪念日庆祝命名日（именины），称"过命名日的人"（именинник）。旧俄时期，命名日比生日重要，庆典更隆重。

基·阿卡基耶维奇起初推辞不去，但大家七嘴八舌地说这不礼貌，这简直是丢人，是耻辱。于是，他不得不闭上了嘴。不过，后来他想到，他将因此有机会穿着新外套出外走走，甚至是去参加晚会，心里好一阵都甜丝丝的。

对阿卡基·阿卡基耶维奇来说，这一整天就像一个最盛大的节日。

他乐悠悠地回到家里，脱掉外套，小心翼翼地把它挂在墙上，又欣赏起呢料和衬里来；接着，他又特意把自己以前那件整个开了线的"长衫"拿出来进行比较。他看了一眼"长衫"，自己也乐了：差别太大了！后来，在吃饭时，想到"长衫"那个破烂样儿，他还忍不住哭了好半天。他高兴地吃完了午

饭。饭后，他什么也没写，什么公文也没抄，只是在天黑之前到床上稍微放松了一会儿。然后，他穿好衣服，披上外套，走到街上。

很遗憾，我们不记得举办晚会的那位官员住在什么地方了，我们的记忆力变得越来越差，彼得堡的一切，所有的街道、房屋，都在脑子里混做了一团，很难从中把什么东西有条理地区分出来。但不管怎样，至少有一点可以肯定：那位官员的家在城里一个各种条件都比较好的区，所以，离阿卡基·阿卡基耶维奇的家非常远。

一开始，阿卡基·阿卡基耶维奇得走过几条灯光暗淡的空旷街道，但快到官员的住所时，街道就变得热闹些了，人多了，路灯也明亮了。行人越来越多，还能碰到打扮得

漂漂亮亮的女士们，男人们的衣服上则能看到海狸皮领。很少再遇见驽马拉着装木栏、钉镀金小钉的木制雪橇马车，相反，总碰上些赶快马的头戴深红丝绒帽的马车夫，快马拉的是上了漆的铺熊皮的雪橇马车，而连赶车人的座位都很讲究的四轮轿式马车在雪地上碾出嘎吱嘎吱的声响，飞快地驶过街道。阿卡基·阿卡基耶维奇像看什么稀罕景物似的看着这一切。他已经有好几年晚上没到街上来了。

他在一家商店的灯光明亮的橱窗前好奇地停下了，看一幅画；画上一个漂亮女人正在脱鞋，露出整条挺好看的腿，而在她身后，另一个房间的门里探出一只男人的脑袋；男人胡须络腮，下巴颏上一撮西班牙式

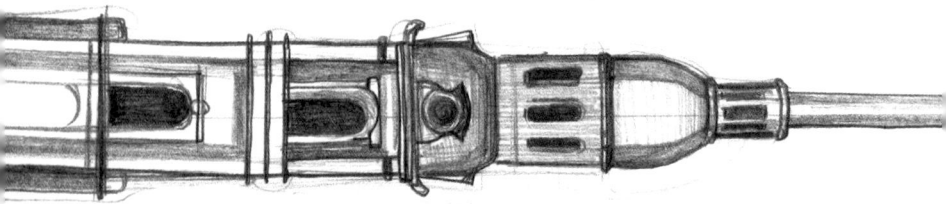

的短尖胡子。阿卡基·阿卡基耶维奇摇了摇头，笑了笑，又继续走自己的路了。

他为什么笑了笑？是不是因为看到了自己不熟悉的东西？对这种东西，每个人心里多多少少都还会保留着点感觉；或者，他是不是也像其他许多官员那样想："唉，这些法国人呀！说他们什么好呢？他们若想那个……就肯定那个……"但或许他连这些也没想——因为，没法钻进一个人的脑子看看这人想的都是些什么。

终于，他到了副股长住的那幢房子跟前。副股长过得很阔绰，楼梯上点着灯，他住二楼。走进前厅，阿卡基·阿卡基耶维奇看见地板上摆着好几排胶皮套鞋。前厅中央，一只茶炊正呜呜地吹出一团团蒸汽。墙上挂

满了外套和斗篷，其中有缝着貂皮领或丝绒领的。客厅里传来说话声和喧响，房门打开，一名仆人端着堆满空杯子、凝乳罐、装面包干的小竹篮的托盘走了出来，那些声音一下子变得清晰、响亮。显然，官员们早已聚齐了，喝过一杯茶了。

阿卡基·阿卡基耶维奇自己把外套挂好，走进客厅。立时，点亮的蜡烛、官员们、烟斗、纸牌桌闯入他的视线，从各处传来的快节奏的说话声、挪椅子的噪声乱哄哄地刺入他的耳鼓。他十分尴尬地站在屋子中央，绞尽脑汁，竭力要想出自己该做点什么。但人们已经发现了他，叫喊着欢迎他，并一窝蜂拥到前厅，又观赏起他的外套来。阿卡基·阿卡基耶维奇有点窘，但他是个老实

人，见大家都夸赞外套，不能不感到喜滋滋的。不消说，随后人们便又丢下他和他的外套，像通常那样聚集到专为打惠斯特牌而摆好的桌子旁去了。

喧响，说话声，满屋子的人，对阿卡基·阿卡基耶维奇来说，这一切都很古怪。他简直不知该怎么办，手脚往哪儿放，整个人往哪儿站；终于，他坐到了玩牌的人旁边，看他们打牌。他时而看看这个人的脸，时而看看那个人的脸；过了一会儿，他开始打哈欠了，感到寂寞了，尤其是早已到他平时睡觉的时间了。他想跟主人告别，但人们不放他走，说一定要喝杯香槟，为他新购置外套庆贺一番。一小时后，晚饭端上来了，有凉拌菜、凉拌牛犊肉、酥皮馅饼、大蛋糕，以及香槟。

9

大家非让阿卡基·阿卡基耶维奇喝上两杯，他喝完后，觉得房间里更热闹了，而他不管怎样也没忘记已十二点钟了，早该回家了。为免主人挽留，他悄悄走出房间，在前厅里心疼地拾起掉落在地上的外套，抖了抖，择掉沾在上面的每一点细小的东西，穿到身上，下了楼，来到街上。街上还很亮。

几家小商店和昼夜对仆人及各色人等开放的俱乐部的门仍开着，已关门的俱乐部门缝里射出长长的一道光，表明里面还有人，可能男女仆人仍在谈天说地，而他们的主人搞不清他们到底上哪儿去了。阿卡基·阿卡基耶维奇高高兴兴地走着，甚至不知为什么忽然跑了几步，去追一位闪电般从他身边掠过、浑身上下每个部分都在起劲地

动着的太太。但他马上就停了下来，又像先前那样慢慢地走着，对自己刚才那股冲动劲很是惊讶。很快，他面前又出现了那几条空旷的街道，即使白天它们也不热闹，更何况是在夜晚。此刻，它们更显荒凉、僻静了：路灯越来越少——显然，公家拨给这一地区的灯油比较少；出现了一些木房子、木栅栏，一个人也看不到，街上只有雪在闪闪发亮，再就是黑魆魆的凄凉的破旧小矮屋，它们放下了护窗板，沉睡着。他走到一处街头，在那里，街道被一座十分宽阔、空旷得骇人的广场截断，对面的房子勉强分辨得出。

远处，天边一样遥远的什么地方，一座岗亭里闪烁着一点灯光。这时，不知怎的，阿卡基·阿卡基耶维奇的快乐情绪一下子冷了许多。走进广场时，他惴惴不安，好像预感到了会有什么坏事似的。他回头看了看，又左右瞧了瞧：四周仿佛是一片汪洋大海。"不，最好什么也别看。"他想着，于是闭上了眼睛向前走去。当他睁开眼，想看看是不是快到广场尽头了，突然发现紧贴着他的眼皮站了几个留小胡子的人，具体什么样的人，他根本搞不清。他两眼一阵昏花，心脏剧烈地跳起来。

"瞧，这外套是我的！"其中一个人用雷鸣般的声音说道，与此同时，抓住了他的领子。阿卡基·阿卡基耶维奇刚想喊"救命"，另一个人把个官员脑袋大小的拳头抵在了他的嘴上，说了声："叫你喊！"

阿卡基·阿卡基耶维奇感到身上的外套

被扒了去，有人用膝盖照他身上一撞，他便
仰面朝天倒在雪地上，什么也不知道了。几
分钟后，他清醒过来，从地上爬起来，但跟
前什么人都没有了。他感觉到站在旷野里，
浑身发冷：外套没了。于是，他喊了起来，
可他的声音似乎根本传不到广场尽头。他陷
入绝望，一面不停地喊着，一面穿越广场向
岗亭跑去。岗亭旁站着一名岗警，他挂着自
己的斧钺，似乎在好奇地观望着，想知道这
个人干吗喊叫着向他跑来。阿卡基·阿卡基
耶维奇跑到他跟前，气喘吁吁地嚷嚷着，说
他只顾睡觉，什么都不管，看不到有人被抢
劫。岗警回答说，自己可没看见什么抢劫，
只看见两个人在广场中间拦住了他，还以
为是他的朋友呢；岗警还说，与其在这里嚷

嚷，不如明天去找巡长，巡长会找到那些抢走外套的人的。

阿卡基·阿卡基耶维奇狼狈不堪地跑回了家：前额和后脑勺上稀稀拉拉的头发蓬着，上衣前胸、身侧和整条裤子上沾的都是雪。房东老太太听到可怕的敲门声，急忙从床上下来，只穿了一只鞋，一只手矜持地掩着衬衫，赶来开门；但一打开门，看到阿卡基·阿卡基耶维奇那副样子，她不禁倒退了两步。他把事情经过说完，老太太两手一拍，告诉他该直接去找警察分局局长；说巡长就好骗人，应下什么，转过头就耍滑，所以，最好直接去见分局局长；说她甚至还认识分局局长呢，因为，以前给她当厨娘的芬兰女人安娜现如今就在他家里当保姆，而他路过

她家时，她还看到过他，不止一次；说分局
局长逢到星期天也去教堂，一边祈祷，一边
乐呵呵地看着大家；从这一切都可以看出，
他应该是个心地善良的人。听完这一方案，
阿卡基·阿卡基耶维奇慢慢地走进自己的房
间；在那里，他是怎样度过这一夜的，就让
每一个多少能设身处地地体谅别人的人自
己去想象吧。

10

第二天一大早，他就去求见警察分局局长，但在门口他被告知：分局局长正在睡觉；他十点钟又去了一趟，又被告知：仍在睡觉；他十一点钟又来到门前，却被告知：分局局长出门了。午饭时间他又去了，但前厅里的文书官们说什么也不放他进去，非要知道他是为什么事来的，想要做什么，发生了什么。这终于逼得阿卡基·阿卡基耶维奇有生以来第一次想发一通脾气；他用坚决的口气说，他必须见到分局局长本人，他们没权力不放他进去；说他是直接从司里来的，有公事要办；说他只要一告状，他们就准有好瞧的了。

　　文书官们再也不敢说什么了，其中一个便去请分局局长出来。对抢劫外套一事，分

局局长的态度非常奇怪。他不关注事情的主要方面，却讯问起阿卡基·阿卡基耶维奇来：为什么那么晚才回家，是不是去了个不正经的地方？阿卡基·阿卡基耶维奇被问得狼狈不堪，也没弄清案子能否得到妥善处理，就从分局局长那儿出来了。

这一整天他都没去上班（这是他一生中唯一的一次）。第二天，他面色苍白地来到班上，他身上的旧"长衫"显得更寒酸了。尽管有些官员在这种情况下也不失时机地嘲弄了阿卡基·阿卡基耶维奇几句，但是外套被劫的故事还是引起了许多人的同情。他们当场决定为他集资，但只凑了极少的一点钱，因为，即便不集资，官员们也已破费不少了：签名认购司长的肖像和科长推荐的一本书，科长是那本书的作者的朋友；所以，凑出的钱微乎其微。

有个人为同情心驱使，决定至少给个忠告，帮帮阿卡基·阿卡基耶维奇。这个人劝他不要去找巡长，因为，即使巡长为博得上司的赞许，用什么法子找到了外套，可如果阿卡基·阿卡基耶维奇提不出合法的证据来证明外套属于自己，那么，外套也还是要留在警察局里，所以，他最好直接去见一位大人物，这位大人物只要写个条子，与有关方面打个招呼，事情就顺顺当当地解决了。

没办法，阿卡基·阿卡基耶维奇拿定主意去见大人物。这位大人物究竟什么官阶，至今仍不清楚，需要指出的是这位大人物是前不久才成为大人物的，此前，他是个小人

物。而且，与其他更大的官员相比，就是他现在的职位也算不得什么。然而，总能找到这样一些人，在别人看来很普通的东西，对他们来说却是非同小可的了。而他还竭力用各种手段来加强自己的威严，比如：他规定，他来上班时，官阶低的官员们必须到楼梯上去迎接他；谁也不准直接见他，必须按严格的程序：十四等文官应向十二等文官报告，十二等文官应向九等文官或其他高级别的官员报告，逐级上报，最后才报到他那里。在神圣的俄罗斯就是这样，一切都沾染上了模仿的坏习气；每个人都装模作样，硬充上司。甚至据说有位九等文官，当他被派到某个小办事处当主任，他立刻便吩咐人家为他隔出一个单独的房间，称它为"办公室"，还安排了几名穿有金银边饰和红领子的衣服的剧场服务员站在门口手握门把手，为每位来访者开门，尽管"办公室"里仅勉强放得下一张普通的写字台。大人物的派头和风度庄重又威严，但单调乏味。他的章法的主要基础是严厉。"严厉，严厉，再严厉！"他经常这样说，并在说到最后一个词时总要意味深长地看一眼听他讲话的人的脸。其实，这样做毫无必要，因为，组成办事处这一整个政府机构的十名官员本来就已够诚惶诚恐的了。他们老远看到他，立刻放下手里的活儿，挺身直立，等待着上司走进房间。通常他与下级的谈话总给人一种严厉的感觉，且几乎总是由三句话组成的："您怎么敢这样？您知道您在跟谁说话吗？您明白是谁站

在您面前吗？"

　　实际上，他本是个心地善良的人，待同事们很好，愿意帮助别人，但将军的头衔令他晕头转向了。当上将军，他有点糊涂了，晕晕乎乎地不知道自己该做些什么了。跟同级官员在一起，他会是个很正常的人，非常正派的人，甚至在很多方面都算不上愚蠢的人；但只要与官阶比他低，哪怕只低上一级的人在一起，可就糟透了：他只是沉默不语。那境况真引人怜悯，甚至连他本人也意识到了，自己本来是可以痛痛快快地欢度时光的。从他的眼睛里有时能看出他想参与到某些人的某场非常有趣的谈话中去的强烈愿望，但一个念头把他制止住了：对他来说，这是不是有些过分了？是不是过于随便了？

是不是有损自己的尊严？在这样一番思考后，他就把沉默的姿态保持下去，只偶尔发出一两个单音节的词，由此，他获得了"最乏味的人"的称号。我们的阿卡基·阿卡基耶维奇前来求见的就是这样一位大人物。

他来到大人物那里，正赶上最不利的时刻，对他来说很不合宜，对大人物来说却很合宜的当儿。大人物正在办公室里与一位多年不见、前不久刚来此地的儿时伙伴和老相识非常愉快地谈着话。这时，仆人前来报告，说来了个什么巴什马奇金。他口气生硬地问道："是个什么人？"仆人回答："一名官员。""啊！让他等一等，现在不是时候。"大人物说。

这里该交代一下：大人物完全是在撒

谎，他有时间，他跟朋友都聊了好半天了，该聊的都聊了，在他们的谈话中早已出现长时间的沉默，他们只是不时地轻轻拍拍对方的大腿，说："是这样，伊万·阿勃拉莫维奇！""是那样，斯捷潘·瓦尔拉莫维奇！"可尽管如此，他还是吩咐人让官员等一等，以此向已放弃公职、久居乡村的朋友显示一下官员们在他的前厅里要等上多久。

终于，他们说够了，又沉默了好长时间，坐在可折叠的、十分舒适的安乐椅上抽完了一根雪茄的这位大人物好像突然记起来了，对手里拿着文件站在门口的秘书说："哦，外面好像还有名官员等着；告诉他，可以进来了。"一看到阿卡基·阿卡基耶维奇温顺的样子和他身上那件旧制服，大人物立刻冲他说道:"您有什么事吗?"大人物的语气生硬、坚定,那是他在获得现在的职位和将军头衔前一个星期,特意在家里独自对着镜子练出来的。

那边,阿卡基·阿卡基耶维奇对大人物望而生畏,早已窘态百出;用了比平时更多的语气词"那个",费力地转动着不听话的舌头,他解释说,外套完全是新的,现在被残忍地抢走了,他来见大人是想请大人那个说句话,给警察总监先生或其他什么人写封信,找回外套。不知为什么,将军觉得他这种态度太放肆了。"您怎么了,仁慈的先生,"他继续用生硬的口吻说道,"难道您不知道办事的程序?您这是到哪儿来了?不知道该怎么办事?关于这件事,您应该首先向

办事处递交一份呈子，它将送交股长，再转交科长，然后交给秘书，而秘书再把它呈递到我这儿……"

"但是，大人，"阿卡基·阿卡基耶维奇竭力鼓起仅有的一点勇气，同时觉出自己已是大汗淋漓，"我之所以敢于麻烦大人您，是因为秘书那个……是些不可靠的人……"

"什么，什么，什么？"大人物说，"您哪儿来的这么大的胆子？您怎么会有这样的想法？年轻人中间竟然如此风行反对长官和上司的狂妄之举！"大人物似乎没注意到阿卡基·阿卡基耶维奇已五十开外了。因此，假若他能被称做"年轻人"，那只能是相对而言，即相对七十多岁的人来说。"您知道您是在跟谁这样讲话吗？您明白是谁站在

您的面前吗？您明白这一点吗，明白这一点吗？我在问您。"说到这里，他跺了下脚，声音提得那么高，别说是阿卡基·阿卡基耶维奇了，就是别人，处在那个场合，也会吓得魂飞魄散。

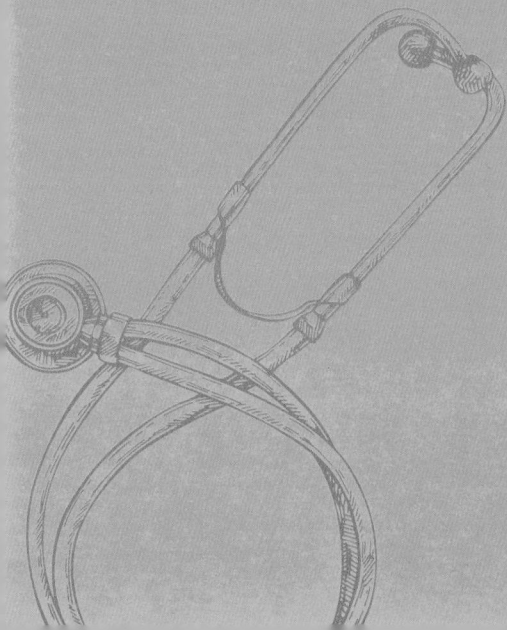

11

阿卡基·阿卡基耶维奇一下子呆住了，他晃了一下，浑身战栗起来，怎么也站不稳了；要不是看门人赶紧过来扶住他，他恐怕就会扑通一下倒在地上。他几乎是人事不省地被架了出去。效果甚至超出了预想，对此，大人物很满意；一想到自己说的话竟能把人吓得半死，他不禁飘飘然了。他瞟了朋友一眼，想知道朋友是怎样看待这件事的；他不无得意地发现，朋友心神不定，竟也感到了恐惧。

怎么走下的楼梯，怎么走上的大街，阿卡基·阿卡基耶维奇一点也不记得了。他感觉手脚麻木。他这辈子还从未让一位将军，而且还是别的部门的将军如此严厉地斥骂过。他张着嘴，在呼啸的暴风雪中蹒跚，不

时地偏离人行道；彼得堡的风像通常那样从四面八方、从各条胡同吹向他。风灌进他的喉咙，眨眼间便让他得了咽炎。他勉强走回了家，连句话也说不出了；他全身浮肿，倒在了床上。严厉的训斥有时竟如此厉害！

由于彼得堡气候的大力协助，他的病情发展得比预想的快得多。医生到了，摸了摸脉搏，没任何法子可想了，只开了一服罨剂，还是出于不令病人享受不到医疗的恩惠的考虑；而且，医生随后就宣布：一天半之后，病人一准命归黄泉。然后，医生对女房东说："而您，老大妈，别白白地浪费时间，现在就给他定口松木棺材吧，橡木棺材对他来说太贵了。"阿卡基·阿卡基耶维奇是否听到了关于他的噩耗，假如听到了，它们是否对他产生了强烈的影响，他是否对自己苦难的一生感到惋惜——这些全都无从知晓，因为，他一直在发烧和说胡话。一幅接一幅景象在他的脑中升起，一幅比一幅离奇：忽而他见到了彼得罗维奇并跟后者定做了一件设有防范小偷的机关的外套，他总觉得小偷就藏在床底下，不时地召唤女房东，让她把小偷从他的周围，甚至从他的被窝里拽走；忽而他问为什么还在他的面前挂着他的旧"长衫"，他可是有了件新外套了；忽而他觉得自己站在了将军的面前，聆听将军严厉的训斥并一连声地说着"我有罪过，大人！"；忽而他竟破口大骂，说出一些最难听的话来，害得房东老太太忙不迭地画十字，她以前可从未从他那儿听过任何这类言

语，尤其是这些话总是紧随"大人"这个词蹦出来。再往后，他说的就全都是胡话了，根本听不明白了；只能听出这些语无伦次的话及其念头翻来覆去总离不开他那件外套。

终于，可怜的阿卡基·阿卡基耶维奇咽了气。无论房间还是他的东西，都没被封存起来，因为第一，没继承人；而第二呢，他也没留下什么遗产，只有一小把鹅毛笔，一沓公家的白纸，三双袜子，两三枚裤子上掉下来的纽扣，再就是读者已熟悉的那件"长衫"。天知道这些东西让谁得去了。说实话，连讲这故事的人对此也丝毫不感兴趣。人们把阿卡基·阿卡基耶维奇运走，埋掉了。

从此，彼得堡少了一个阿卡基·阿卡基耶维奇，就好像这座城市里本来就没有过这

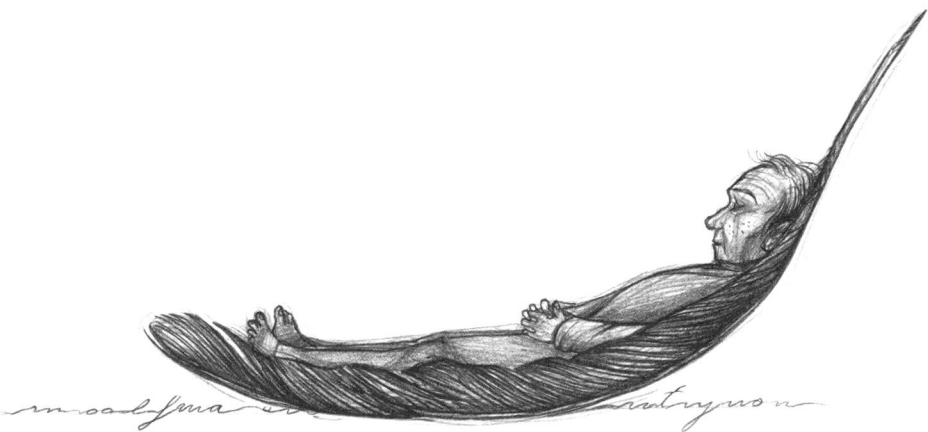

么一个人似的。一个任何人都不保护，任何人都不珍视，任何人都不感兴趣，甚至连普通苍蝇都不放过，要把它安到大头针上、置于显微镜下仔细观察的自然科学研究者也不屑一顾的生物消失了，无声无息地逝去了；这个生物驯顺地忍受同事们的嘲弄，没做过任何非凡的事情就进了坟墓；但毕竟在他死前，曾有个光明使者以外套的形式在他面前闪现了一下，在一瞬间使他可怜的生活变得活跃了，随后，灾祸便急剧地降临到了他的头上，如同降临到沙皇和世间的统治者的头上一样……

他死后几天，司里派来的一名看门人带着让他立即去司里的命令来到了他家，说长官传唤他；但看门人不得不独自一人返回

司里，向上司报告说：他再也不能来了。对
"为什么"这个问题，看门人回答说："是
这样，他已经死了，前天就埋了。"这样，司
里的人们才知道他的死讯。第二天，他的位
置上就坐上了新来的官吏，这一位的个头相
当高，写出的字母不是直体的，而是相当歪
斜的。

　　然而，谁又能想到，阿卡基·阿卡基耶
维奇的故事并没到此结束，他注定要在自己
死后轰动几天，就好像是对他此前默默无闻
的一生的一个补偿。但事情就是这么发生的，
我们这个凄惨的故事因而意外地得到了一
个荒诞不经的结局。

12

彼得堡突然流言四起，说是在卡林金桥[1]附近及较远的地方，每到夜晚，便出现一个官员模样的死人，他在寻找一件被抢走的外套，并以外套被劫为由，也不问官衔和职位，从遇到的所有人的身上剥下各种各样的外套；猫皮的、海狸皮的、棉絮的，以及浣熊皮大衣、狐狸皮大衣、熊皮大衣，总之，剥下人们用来遮体御寒的各种毛皮大衣和外套。司里的一位官员亲眼看到了这个死人，

1　卡林金桥（Калинкин мост）和小说结尾提到的奥布霍夫桥（Обуховский мост）位于贯穿彼得堡市区的丰坦卡河（Фонтанка, 涅瓦河支流）上，是18世纪80年代该河集中建造的七座标准三跨石桥中的两座。边跨为石拱，中间木拉跨，开合机械装置设在桥柱上方的四座开放式花岗岩塔内。这两座桥经历了多次的改造或重建，迄今仍在原址：前者坐落于丰坦卡河河口，今称旧卡林金桥（Старо-Калинкин мост）；后者在莫斯科大街中轴线上。

并立刻认出是阿卡基·阿卡基耶维奇；这可把他吓坏了，他撒腿就跑，因而没能瞧仔细，只看见死人从远处伸出手指威吓他。从各处不断地呈来一些状子，不仅仅是九等文官，连七等文官也在抱怨，说由于夜间外套被扒掉，后背和肩膀受了风寒。

警察局里下达了命令：不惜一切代价抓住那个死人，活捉或打死都行，并且要严加惩处，以儆效尤。这命令还真差一点就完成了。事情是这样的：在基留什金胡同，死人正从一个退休的吹长笛的音乐家身上扒粗毛呢外套，某个街区的岗警当场抓住了死人的领子。他一边揪住领子不放，一边喊来自己的两名同事，让他们来看住他，而他自己把手伸进皮靴筒去取鼻烟盒，想让一生中冻

伤过六次的鼻子舒服一下，但这鼻烟肯定是连死人也受不了的那一种。岗警用手指堵住右鼻孔，用左鼻孔去吸鼻烟，还没来得及吸完一小撮，死人猛然间打了个大喷嚏，唾沫星子直溅到他们三个人的眼睛里。就在他们抬手擦眼睛的工夫，死人已消失得无影无踪了。他们甚至搞不清死人是不是真的曾被他们抓在手里。从此，岗警们一看到死人就心惊肉跳，不敢再捉活的了，老远就喊："喂，你，走自己的路去吧！"于是，死官吏甚至在卡林金桥另一边也出现了，给所有胆小的人带来了极大的恐慌。

13

可是，我们把那位大人物完全丢在了一边；实际上，正是他才使这个原本十分真实的故事有了如此荒诞不经的结局。首先，得说句公道话：在可怜的被痛斥了一通的阿卡基·阿卡基耶维奇走后不久，大人物便感受到某种类似怜悯的情绪。他并非没同情心，他这人对许多善良的感情也并不陌生，尽管他的官衔经常妨碍它们表露出来。来访的朋友一走出他的办公室，他竟陷入了关于阿卡基·阿卡基耶维奇的沉思之中。从那天起，没禁受住应得的训斥的面色苍白的阿卡基·阿卡基耶维奇的形象几乎每天都要浮现在他的眼前。有关这个人的念头使他心烦意乱，以至于一个星期之后他甚至决定派一名官员去打听一下那个阿卡基·阿卡基耶维奇

怎样了，看能不能真的帮个什么忙。当他得到阿卡基·阿卡基耶维奇得了热病，猝然死去的消息，不禁大吃一惊，感到了良心的谴责，一整天都闷闷不乐。

为了散散心，摆脱掉令人不快的印象，他去了一位朋友家参加晚会；在那里，他见到了许多正派的人，尤其称心的是他们几乎都是同一级别的官员，所以，他可以抛开一切拘束。这对他的精神状态产生了奇异的作用。他变得无拘无束了，在谈话中很讨人喜欢，彬彬有礼；总之，他度过了一个十分愉快的晚上。吃晚饭时，他喝了两杯香槟——众所周知，这种酒是挺不错的东西。香槟使他生出了一股豪情，促使他去干点什么奇特的事情；也就是说，他决定不直接回家，而是到一位熟识的太太 ——卡罗琳娜·伊万诺夫娜家去一趟。这位太太好像是德国血统，他对她怀有一种非常友好的感情。

应当说，大人物年岁不轻了，他是家庭中的好丈夫、受尊敬的好父亲。两个儿子中的一个已经在办公机关里供职了，十六岁的漂亮女儿长着一只略微弯成弧形但很好看的鼻子；他们每天都来，一边亲吻他的手，一边说："日安，爸爸。[1]"他的太太还不算老，甚至可以说风韵犹存；她总是先让他亲吻自己的手，然后把手翻转过来，亲吻一下他的手。然而，尽管大人物对家庭的温暖十分满意，他还是认为在城市的另一个区里交

1 原文为法语：Bonjour, papa.

个女朋友也无伤大雅。这位女朋友绝不比他的妻子漂亮、年轻，但是，世上确实存在这样的问题，评论它们可不是我们的事。就这样，大人物走下楼梯，坐上雪橇，对车夫说了声："去卡罗琳娜·伊万诺夫娜家。"而他自己用非常讲究的暖暖和和的外套裹住身子，沉浸到一种对俄国人来说再好不过的美滋滋的状态中，也就是说，自己什么也不想，而一个比一个更甜蜜的思想自会钻入脑子里，根本不用费心去追寻它们。他心满意足，轻松地回想起方才的晚会上所有的快活的事，所有那些使周围一小群人哈哈大笑的话；其中很多话他甚至低声重复了一遍，他觉得它们仍像在晚会上刚被说出时那样引人发笑；所以，难怪他会不时地打心坎里乐出来。但偶尔不知从哪儿，也不知为何突然刮起的一阵阵的风不时地来打扰他，像刀子一样扎在脸上，向脸上甩来一团团的雪，把外套的领子吹得帆一样鼓起来，或者以非凡的力量猛地把外套的领子掀到头上，使他不得不一次次地把头从领子里钻出来。

突然，大人物感到有人紧紧地抓住了他的领子。他转过头去，看到个个头不高、穿件破旧的文官制服的人，他惊恐地认出那人就是阿卡基·阿卡基耶维奇；官员的脸雪一样白，看上去完全是张死人脸。只见死人嘴一歪，一股呛人的坟墓气息冲他扑过来，还有这么几句话："啊，总算找到你了！我总算那个，抓住了你的领子！我要的就是你的外套！你没为我的外套想办法，还把我训斥

了一顿——现在你就交出你自己的吧！"

此时，面色苍白的大人物早已吓得魂不附体，半死不活。不管他在办公室里和总的说来在下属面前脾气有多么大，也不管人们一见到他威风凛凛的样子和魁梧的身形通常都会赞叹说"嘿，多神气啊！"，这时，他像许多徒具英武外表的人一样感到极度的恐惧，甚至并非毫无缘由地担心起某种疾病的发作来了。他竟自己动手迅速地扯下了身上的外套，用变了调的声音朝车夫喊道："赶快回家！"车夫听到通常在最紧要的时刻才发出的往往伴随着最有效动作的声音，把自己的头缩到两个肩膀中间以防不测，同时，挥起了鞭子。马车利箭般飞驰起来。过了六七分钟，大人物已到了自己家的大门口。

他面色苍白，惊魂未定，外套没了，卡罗琳娜·伊万诺夫娜家也没去成，却回到了自己家里。他好不容易摸进自己的房间，心神不安地熬过了这个夜晚。第二天早上喝茶时，女儿直率地对他说："爸爸，您今天的脸色太难看了。"可是，爸爸沉默着，对谁也没提昨天晚上发生的事，没说他曾在哪里，后来又打算去哪里。

这件事给他造成了极大的影响。他甚至极少再对下属说："您怎么敢这样？您明白是谁站在您的面前吗？"如果那样说了，也是在听完是怎么回事之后。但最引人注意的是从这时起，死去的官员就再没出现了：看来，将军的外套他穿着非常合身；至少，无论什么地方都再没发生从谁的身上扒下外

套的事。不过，许多精力充沛、爱操心的人怎么也不肯安分下来，他们说，在城市的偏远地区，死去的官员还在不时地出现。

14

的确，科洛姆纳区的一名岗警亲眼看到从一幢房子后面走出一个幽灵；但这岗警生来性格懦弱，有一次，一只普通的长成了的小猪从一座私宅里蹿出来撞倒了他，引起周围的马车夫们一阵哄笑，为着这种侮辱，他曾要求他们每人交出一枚铜币的鼻烟钱呢——就是这样，由于生性懦弱，他没敢叫幽灵停下，而是在黑暗中一直跟在后面走，直到幽灵突然驻足回头看，问道："你想干什么？"同时，幽灵举起一只在活人中间绝对见不到的大拳头，晃了晃。岗警说："没什么事。"便立刻转身往回走了。而幽灵的身材已经变得高大了，留着一大把胡子，好像是朝奥布霍夫桥走去，在漆黑的夜色中消失了。

著　者

尼古拉·果戈理（1809—1852），俄罗斯讽刺作家、批判现实主义文学奠基人。其他代表作有戏剧《钦差大臣》、长篇小说《死魂灵》等。

译　者

刘开华（1948—　　），俄罗斯文学翻译家。译有《回忆陀思妥耶夫斯基》、《果戈理全集·第三卷》和《卡尔卢什卡的戏法》等。

绘　者

诺埃米·比利亚穆莎（1971—　　），西班牙插画家，以铅笔画见长。西班牙"全国儿童和青少年文学奖"、"全国出版奖"和"琼塞达奖"获得者。作品有《奥斯卡和邮局的狮子》、《就是睡不着》、《摇篮曲》和《芭贝特的盛宴》等三十余种。

蚯蚓虽小，善于松土。

"蚯蚓丛书"是一系列短篇文学名著，
致力于以轻松的篇幅、疏朗的版面、别致的插画
打造无负累阅读，
给孩子真正的、娱悦心灵的文学启蒙。

读书也可以像散步，积跬步至于千里。

thebooksearthworm@163.com

图书在版编目（CIP）数据

外套 /（俄罗斯）尼古拉·果戈理著；刘开华译；
（西）诺埃米·比利亚穆莎绘 . — 天津：百花文艺出版
社，2024.7
（蚯蚓丛书）
ISBN 978-7-5306-8330-9

Ⅰ.①外… Ⅱ.①尼… ②刘… ③诺… Ⅲ.①中篇小
说 – 俄罗斯 – 近代 Ⅳ.① I512.44

中国国家版本馆 CIP 数据核字 (2023) 第 118411 号

天津市版权局著作权合同登记章图字02-2023-040

外套
WAITAO

〔俄〕尼古拉·果戈理 著　刘开华 译
〔西〕诺埃米·比利亚穆莎 绘

出 版 人：薛印胜　　　选题策划：赵　芳
责任编辑：赵　芳　　　特约编辑：刘　晓
装帧设计：丁莘苡
出版发行：百花文艺出版社
地址：天津市和平区西康路 35 号　邮编：300051
电话传真：+86-22-23332651（发行部）
　　　　　+86-22-23332656（总编室）
　　　　　+86-22-23332478（邮购部）
网址：http://www.baihuawenyi.com
印刷：天津联城印刷有限公司
开本：880 毫米 ×1230 毫米　1/32
字数：22 千字
印张：4.25
版次：2024 年 7 月第 1 版
印次：2024 年 7 月第 1 次印刷
定价：48.00 元